AF336231

LETTRES DE NOBLESSE

ET

DÉCORATIONS DE L'ORDRE DE SAINT-MICHEL

CONFÉRÉES AUX ARTISTES AU XVIIe ET AU XVIIIe SIÈCLE.

La *Revue historique*, publiée par l'ancien éditeur des premières *Archives de l'Art français*, a donné jadis [1] le texte d'un certain nombre de lettres patentes d'anoblissement accordées à des artistes éminents pendant le cours des deux derniers siècles. Dans la liste de ces artistes anoblis par un acte de l'autorité royale figuraient quatre peintres : *Charles Le Brun, Pierre Mignard, Antoine Coypel, Louis de Boullongne*; un dessinateur, *Charles-Nicolas Cochin* fils; six architectes, *Jules Hardouin Mansart, Robert de Cotte, Jacques Gabriel, Nicolas Dorbay, Jacques-Germain Soufflot, Pierre Desmaisons;* deux contrôleurs des bâtiments du Roi, *Jacques Desjardins* et *Armand-Claude Mollet;* un ingénieur, *Louis de Cotte;* un graveur de médailles, *Jacques Roettiers;* enfin *Pierre Outrequin*, directeur des projets d'embellissement de Paris, et *Charles-Julien Quévannes*, essayeur des monnaies. Le rapprochement de ces noms montre assez que, si le mérite transcendant avait la plus grande part dans la répartition de cette suprême distinction, la faveur avait aussi quelque influence sur le choix du souverain.

Les lettres patentes d'anoblissement publiées dans la *Revue historique* étaient accompagnées de quelques extraits de lettres relatives au même objet et d'une liste des artistes gratifiés du cordon de Saint-Michel. Ce tableau, assurément bien incomplet, faisait connaître un certain nombre d'individus dont les lettres d'anoblissement n'avaient pas été retrouvées. En effet, les chevaliers de Saint-Michel, pour être reçus, devaient faire preuve de noblesse. Aussi plusieurs des peintres et sculpteurs auxquels se rapportent les documents publiés ci-après figuraient-ils déjà sur la liste de l'ordre de Saint-Michel insérée jadis dans la *Revue historique*.

Il y a également une certaine quantité de noms à ajouter à cette liste, surtout pour la période postérieure à 1800. Enfin on groupe ici tous les renseignements nouveaux recueillis depuis 1873 sur les titres nobiliaires conférés aux artistes qui se sont illustrés dans des genres différents.

Peut-être ce complément d'un travail déjà ancien nous procurera-t-il quelques communications sur les oubliés. On recevra avec reconnaissance

---

1. Janvier et février 1873, n^s 1 et 2, pages 1 à 44. — Il a été fait un tirage à part à 50 exemplaires de cette publication. Cette brochure est épuisée.

tous les renseignements de nature à compléter la nomenclature des artistes
anoblis ou décorés du cordon de Saint-Michel. La plupart des maîtres nommés
dans les pièces suivantes jouissent d'une notoriété qui rend tout com-
mentaire inutile, d'autant plus que l'exposé des titres de l'anobli fait
suffisamment connaître ses fonctions et ses travaux.

J. G.

I.

CONFIRMATION DE NOBLESSE POUR LE SIEUR *DE VIGARANI.*
(Mars 1688.)

Louis, etc., à tous presens et à venir, salut. Nostre bien amé
Charles de Vigarani, natif de la ville de Rhege, au duché de
Modène, nous a très humblement fait remontrer que nous ayant
plu de le retenir auprès de nous dez l'année 1662, il auroit aban-
donné avec joye les charges de Surintendant des bastimens et grand
maitre des eaux et forests aud. duché de Modene, dont il estoit
lors pourveu en survivance du s^r *de Vigarani*, son père, et pré-
férant ainsy l'honneur de nostre service aux titres desd. charges
et autres avantages que sa naissance luy donne lieu d'espérer en
son païs, il a toujours vescu suivant sa qualité en nostre Cour et
suitte, où nous luy avons donné des establissemens convenables
à son mérite et à l'estime que nous faisons des services qu'il nous
a rendu et qu'il continue journellement de nous rendre à nostre
entière satisfaction ; mais, d'autant que les demeslez qu'il a eu avec
sa famille pour raison des successions qui luy sont escheues légi-
timement et qui néantmoins luy sont contestées sous prétexte
qu'il est devenu estranger en son païs, au moyen des lettres de
naturalité qu'il a obtenues en France, et qu'à cause de ce on luy
refuse les titres dont il a besoin pour justifier la noble et ancienne
race de ses ancestres, il oze se flatter que, par la connoissance que
nous avons de sa noblesse, mais principalement par une conti-
nuation de nostre bienveillance et de la protection que nous luy
avons donnée en tous rencontres, nous voudrons bien suppléer
au deffaut de ses titres. Pour ces causes et autres bonnes considérations à ce nous mouvant, avons, de nostre grâce spéciale, pleine
puissance et authorité royalle, maintenu et confirmé et par ces
présentes, signées de nostre main, maintenons et confirmons led.
s. *de Vigarani* en sa qualité de noble et d'escuyer et, en tant que
de besoin, l'avons d'abondant anobly et anoblissons et dud. titre
de noble et d'escuyer décoré et décorons, pour en jouir, etc.....;
voulons et nous plaist que led. *Vigarani*, ses enfans et posterité

puissent porter les armes timbrées telles qu'elles sont cy empreintes et qu'elles ont toujours esté portées par ceux de sa famille en Italie…..

Si donnons en mandement, etc…..

(Arch. nat., O¹ 32, fol. 88.)

II.

LETTRES D'ANOBLISSEMENT DE *JEAN DE LA MOTTE*,
INTENDANT DES BATIMENS DU ROI[1].

(Juillet 1721.)

Louis, etc….. Nous croyons, à l'exemple des Roys, nos prédécesseurs, ne pouvoir donner de plus précieuses marques de nostre estime à ceux de nos sujets qui se distinguent, soit dans la magistrature, soit dans la profession des armes, soit dans les charges et dans les employs dont ils se trouvent revestus pour le service de nostre personne et de nostre maison, qu'en les honorant des prérogatives qui se perpétuent dans leurs descendans et qui transmettent à la postérité le souvenir de leurs bonnes qualitez; le zèle et l'application singulière qui ont distingué le sieur *Jean de La Motte*, intendant et ordonnateur de nos bastimens, jardins, arts et manufactures, dans les services qu'il a rendus non seulement sous le règne du feu Roy de glorieuse mémoire, nostre très honoré seigneur et bisayeul, mais encore depuis nostre avènement à la Couronne, nous l'ont fait juger digne des témoignages de nostre reconnoissance; il est employé depuis plus de vingt-cinq années dans les bastimens dont les affaires se trouvent aujourd'huy dans un si bon ordre par le travail qu'il y a donné sous les ordres de nostre cousin le duc d'Antin, surintendant de nosdits bastimens, que touttes les anciennes dettes ont esté liquidées et les mémoires des entrepreneurs et ouvriers totallement acquittez, en sorte que sa vigilance, son application et ses soins n'ont laissé dans nos bastimens aucune affaire ancienne à terminer; ledit sieur *de La Motte* a d'ailleurs épuisé pour nostre service dans les temps les plus difficiles les ressources que luy donnoit son crédit, ayant, dans les années 1713 et 1714, fait, par ordre du feu Roy, nostre

---

1. Bien que le s. *de la Motte* ne touche à l'art que très indirectement, le rôle que lui attribuent les lettres patentes dans l'administration des bâtiments nous a semblé digne d'être signalé, et la meilleure manière de le faire était de donner le texte de la pièce qui le concerne.

bisayeul, sur ses billets particuliers, un emprunt de quatorze mille livres dont le fond fut remis à la caisse générale de nos bastimens et fut employé à la dépense des ouvrages qui avoient esté commencez et qui ne pouvoient estre finis qu'avec un secours aussy considérable; les services dudit sieur *de La Motte*, qui avoient déjà mérité dès l'année 1708 une pension de mil livres qui luy fut accordée sa vie durant par le feu Roy nostre bisayeul comme une première marque de satisfaction, se trouvent aujourd'huy si remplis et l'avantage que nous en avons retiré si digne de nostre attention que nous croyons devoir en récompenser ledit sieur *de La Motte* par un privilège qui puisse égaler son estat à celuy de plusieurs familles nobles dont il est allié et qu'il devoit acquérir par l'exercice de la charge de nostre conseiller secrétaire dont il estoit cy devant revestu. A ces causes, etc....., anoblissons par ces présentes le sieur *Jean de La Motte*.....

Donné à Paris au mois de juillet, l'an de grâce 1721 et de nostre règne le sixième.

Enregistrées au Parlement le 5 juin 1722.

(Arch. nat., X¹ᴬ 8726, fol. 277.)

III.

Lettres d'anoblissement de *NICOLAS VLEUGHELS*, peintre.

(Juillet 1726.)

Louis, etc... Le privilège de la noblesse a toujours esté regardé par les Roys nos prédécesseurs comme la plus précieuse marque de leur estime et comme la plus digne récompense qu'ils puissent accorder à ceux de leurs sujets qui s'estoient distingués soit dans les charges et dans les employs qui leur auroient esté confiés, soit dans les arts et dans les professions qu'ils auroient embrassées; nous croyons, à l'exemple de nos prédécesseurs, ne pouvoir mieux reconnoistre que par ce moien le zèle et les vertus de nos sujets qui s'élèvent et dont l'émulation et les talents les font mériter les témoignages de nostre satisfaction; et, dans cet esprit, nous sommes résolus d'honorer notre cher et bien amé le sieur *Nicolas Vleughels,* Directeur de l'Accademie de peinture entretenue à nos frais en la ville de Rome d'un titre qu'il puisse transmettre à ses descendans et qui soit aussi durable que doit l'estre le souvenir des bonnes qualités qui l'ont fait mériter; ledit sieur *Vleughels,* natif de la ville de Paris et issu d'une famille originaire d'Envers et qui faict depuis longtemps profession de noblesse, s'estant, à l'exemple du sieur *Philippes Vleughels*, son père, appliqué à l'art de peinture, y a fait tant de progrès qu'à l'âge de vingt-deux ans il remporta le prix de l'Accadémie et que, dans les voyages qu'il a faits à Rome, à Venise et à Modène, il a laissé divers ouvrages qui ont acquis la mesme réputation que son père avoit méritée par l'excelence de son travail et la beauté des pièces dont se trouvent ornées la pluspart des églizes de notre ville de Paris et de nos maisons royalles, et enfin ledit sieur *Vleughels* fils, de retour en la ville de Paris, a esté choisi pour Directeur de l'Accadémie que nous entretenons à Rome et dans laquelle se forment par ses exemples et sous ses ordres les sujets les plus propres à soutenir l'art de la peinture et à le porter au poinct de perfection qu'ont atteint les plus grands maistres; les services que nous rend ledit sieur *Vleughels* en qualité de Directeur de nostre Accadémie de peinture, aussi l'ancienne noblesse de sa famille et les rares [talens] qui ont distingué son père et qui le distinguent de mesme aujourd'huy dans un art si honnorable et si digne de nostre protection et de nos soins nous ont déterminé à marquer audit sieur *Vleughels* nostre satisfaction et nostre estime en luy accordant le privilège de la noblesse dont jouissoient ses ancestres et des prérogatives qu'il puisse transmettre à ses descendans et qui l'engagent à nous continuer les services que nous attendons de l'expérience et de la consommation (*sic, probablement pour* connoissance) qu'il s'est acquises. A ces causes....., avons anobli ledit sieur *Nicolas Vleughels*.....

Donné à Versailles, au mois de juillet, l'an de grâce 1726.

Enregistrées au Parlement le 30 may 1727.

(Arch. nat., X¹ᴬ 8732, fol. 278.)

IV.

LETTRES D'ANOBLISSEMENT

DE *JACQUES-FRANÇOIS-JOSEPH SALY*, SCULPTEUR[1].

(Décembre 1768.)

Louis, etc..... Le désir que nous avons d'encourager le progrès des sciences et des beaux-arts dans notre royaume par

---

1. Sur les sculpteurs *Saly* et *Larchevêque* et sur l'architecte *Jardin*, il est presque superflu de renvoyer à l'ouvrage de M. Dussieux sur *les Artistes français à l'étranger*.

des récompenses propres à exciter l'émulation dans la classe de
ceux de nos sujets qui s'y destinent et qui, par leur application,
parviennent à s'y distinguer, a toujours excité notre attention la
plus particulière. La connoissance que nous avons des talens et
de l'expérience qu'a acquise notre cher et bien amé le sieur *Jaques-
François-Joseph Saly*, l'un de nos sculpteurs et membre de notre
Académie de peinture et sculpture de Paris, Directeur de l'Académie royale de peinture, sculpture et architecture de Copenhague,
associé libre honoraire de l'Académie Impériale des beaux-arts de
Saint-Pétersbourg et membre de l'Académie des Arcadiens et de
celles de Florence, de Bologne et de Marseille; mettant aussi en
considération la bienveillance que notre bien amé frère et cousin
le Roi de Dannemarck nous a marqué avoir pour ledit s. *Saly*,
auquel il a confié la direction de son Académie de peinture et de
sculpture à Copenhague, et la satisfaction qu'il ressent du zèle
avec lequel il travaille depuis nombre d'années pour son service;
étant aussi informé que le s. *Saly*, né à Valenciennes d'une famille
honnête originaire de Toscanne, est élève de notre Académie de
peinture et de sculpture de Paris, où il a remporté les premiers
prix de la sculpture en 1737 et 1740; que, pour se perfectioner
de plus en plus dans son art, il a travaillé à Rome pendant huit
ans en qualité de notre pensionnaire; qu'à son retour, voulant
laisser dans la ville de Valenciennes, sa patrie, un témoignage
permanent de sa reconnoissance et de ses sentimens en concou-
rant à son embellissement, il proposa de lui consacrer gratuite-
ment les prémices de ses talents en exécutant, en marbre blanc,
notre statue pédestre pour être élevée sur la place de cette ville,
ce qu'il a fait à notre satisfaction; qu'il a encore été chargé de
plusieurs autres travaux qui, quoique moins considérables, carac-
térisent son génie et lui ont acquis une réputation distinguée et
justement méritée; qu'ayant été appelé en Danemarck, où il ne
passa qu'avec notre agrément, il fut choisi pour y donner les
modèles et exécuter en bronze la statue équestre du feu roi Frédéric cinq, alors régnant, qui vient d'être élevée dans la place
royale de Fréderichsstadt, à Copenhague; que, depuis plus de
quinze ans qu'il est dans ce royaume, il a partagé tout son tems
entre les travaux de ce grand ouvrage et ceux qu'exige la place
de Directeur de l'Académie Royale des Arts de Dannemarck qui
lui a été confiée; que le degré de perfection auquel elle est parve-
nue est dû à ses soins assidus par le grand nombre d'élèves qu'il

a formés, et enfin qu'il ne s'est pas moins rendu estimable par la célébrité de son art que par son désintéressement, par la pureté de ses mœurs, et que c'est pour lui en procurer une récompense convenable que notre bien amé frère et cousin le roi de Dannemarck nous a demandé pour lui des lettres de noblesse que nous n'accordons qu'aux personnes recommandables par leur mérite et leur vertu; nous avons d'autant plus volontiers accordé audit s. *Sally* cette marque de notre bienveillance qu'avant de se transporter en Dannemarck il a laissé en France des fruits de ses talens et avoit commencé à y mériter la réputation dont il jouit.

A ces causes et autres à ce nous mouvant, désirant donner à notre cher et bien amé frère et cousin le roi de Dannemarck les preuves les plus signalées du cas infini que nous fesons de sa recommandation, nous avons, de notre grâce spéciale, pleine puissance et autorité royalle, annobli et par ces présentes, signées de notre main, annoblissons ledit sieur *Jacques-François-Joseph Saly*, et des titres et qualités de Noble et d'Écuyer l'avons décoré et décorons; voulons et nous plait qu'il soit censé et réputé Noble, tant en jugement que dehors, ensemble ses enfans, postérité et descendants, mâles et femelles, nés et à naître en légitime mariage; que, comme tels, ils puissent prendre en tous lieux et en tous actes la qualité d'Écuyer, parvenir à tous degrés de Chevalerie et autres dignités, titres et qualités réservés à notre noblesse; qu'ils soyent inscrits au catalogue des Nobles, et qu'ils jouissent et usent de tous les droits, prérogatives, privilèges, franchises, libertés, prééminences, exemptions et immunités dont jouissent et ont accoutumé de jouir les anciens nobles de notre royaume, tant qu'ils vivront noblement et ne feront acte de dérogeance; comme aussi qu'ils puissent acquérir, tenir et posséder tous fiefs, terres et seigneuries nobles, de quelque titre et qualité qu'elles soient. Permettons audit sieur *Saly* et à ses enfans, posterité et descendans de porter des armoiries timbrées telles quelles seront réglées et blazonnées par le sieur d'Hozier, juge d'armes de France, et aussi qu'elles seront peintes et figurées dans ces présentes [1], auxquelles son acte de réglement sera attaché sous notre contre-scel avec pouvoir et liberté de les faire peindre, graver et insculper, si elles ne le sont déjà, en tels endroits de leurs maisons, terres et seigneu-

---

1. Une place avait été ménagée pour les armoiries, mais elle n'a pas été remplie.

ries que bon leur semblera, sans que, pour raison de tout ce que dessus, ledit sieur *Saly*, ses enfans, postérité et descendans puissent être tenus de nous payer, et à nos successeurs Roys, aucunes finances ni indemnités, dont, à quelques sommes qu'elles puissent monter, nous leur avons fait et fesons don par ces présentes et sans qu'ils puissent être troublés ni recherchés pour quelque cause, occasion et prétexte que ce soit, à la charge par eux de vivre noblement et sans déroger. Si donnons en mandement à nos amés et féaux conseillers les gens tenant notre Cour de Parlement, Chambre des Comptes et Cour des Aydes à Paris, et à tous autres nos officiers et justiciers qu'il appartiendra que ces présentes ils ayent à faire registrer, et du contenu en icelles jouir et user ledit sieur *Saly*, ensemble ses enfans, postérité et descendants, mâles et femelles, nés et à naître en légitime mariage, pleinement, paisiblement et perpétuellement, cessant et faisant cesser tous troubles et autres empêchemens quelconques, et nonobstant tous édits, déclarations, arrêts et réglemens à ce contraires, auxquels et aux dérogatoires des dérogatoires y contenues nous avons dérogé et dérogeons pour ce regard seulement, et sans tirer à conséquence, car tel est notre plaisir; et, afin que ce soit chose ferme et stable à toujours, nous avons fait mettre notre seel à ces dites présentes, sauf en autre chose notre droit et l'autruy en tout.

Donné à Versailles, au mois de décembre, l'an de grâce mil sept cent soixante huit et de notre règne le cinquante-quatrième.

(Arch. nat., O¹ 32.)

V.

LETTRES D'ANOBLISSEMENT
DE *NICOLAS-HENRY JARDIN*, ARCHITECTE[1].

(Décembre 1768.)

Louis, etc..... Ceux de nos sujets qui se distinguent dans les armes et dans les sciences et qui cherchent à mériter les récompenses que nous destinons, comme la preuve la plus dis-

---

1. Appelé en Danemark sur le conseil de *Saly*, *Nicolas-Henry Jardin* fut chargé de construire l'église royale, dont il donna les plans, mais qui n'était pas encore terminée en 1811. Il avait emmené avec lui son frère Louis-Henri, qui mourut à Copenhague en 1759. Il revint en France en 1771 et ne mourut qu'en 1802.

tinguée de notre satisfaction, à ceux d'entr'eux qui par leur travail et leur application se rendent recommandables et méritent notre protection la plus particulière, nous croyons ne pas devoir traiter moins favorablement ceux auxquels nous avons permis de passer en pays étrangers et qui y sont devenus célèbres par l'étendue de leurs connoissances et l'intégrité de leur conduite. Les premiers se rendent utiles à leur patrie en faisant fleurir les arts dans son sein; les autres, en portant au loin les productions de leur génie, travaillent à étendre sa gloire et sa splendeur et ont une part égale à notre bienveillance; animés de ces puissans motifs et sur les témoignages précieux que notre très amé frère et cousin le Roi de Dannemarck vient de nous donner des talens distingués et du mérite personnel de notre cher et bien amé *Nicolas-Henry Jardin*, Intendant de ses Bâtimens, son premier architecte; professeur de l'Académie Royale des arts de Dannemark; correspondant de notre Académie d'architecture et membre des Académies de Bologne, de Florence et de Marseille, et voulant seconder le désir qu'a ce Monarque de récompenser ledit sieur *Jardin* et de lui donner des marques de la satisfaction du zèle avec lequel il a travaillé sans relâche depuis quatorze ans pour son service et pour celui du feu Roi Frédéric V, son père; à cet effet, étant informé que le sieur *Jardin* est né dans notre province de Brie d'une famille honorable, qui s'est distinguée par son zèle et par une charité toute particulière envers les pauvres; que son père et son ayeul, citoyens utiles, ont nourri des villages presqu'entiers dans des tems de disette et étoient choisis pour arbitres de tous leurs voisins dans les contestations qui s'élevoient entr'eux; que lui-même, après avoir remporté, à l'âge de vingt-deux ans, le premier prix dans notre Académie d'architecture et avoir travaillé ensuite à Rome en qualité de notre pensionnaire pendant quatre ans pour achever de se perfectionner dans son art, s'est acquis, à son retour à Paris, par divers ouvrages dont il a été chargé, une réputation distinguée; qu'il n'est sorti de notre royaume en mil sept cent cinquante-quatre pour aller en Dannemarck, où il étoit appellé, qu'avec notre agrément; qu'à son arrivée il y a donné les plans et les dessins d'une église qu'il fait actuellement battir; que, depuis quatorze ans, il est occupé des détails de cet édiffice qui s'exécute entièrement en marbre et est unique en son espèce; qu'il a fait construire sur ses desseins à Copenhague un corps de cazernes considérable et un hôpital général;

qu'il a travaillé pour la Marine ; qu'il a fait planter des jardins ; qu'il n'est enfin aucune partie de l'architecture qu'il n'ait embrassée et où il n'ait réussi ; qu'à la mort de Frédéric V, il a été chargé du catafalque et de la décoration de la chapelle funèbre ; qu'il a eu la conduite et l'intendance de presque toute les fêtes qui se sont données à l'occasion du mariage de notre très amé frère et cousin le roi de Dannemark, et surtout de la décoration à demeure d'un salon aussi vaste que magnifique qui a servi à cette auguste cérémonie ; que, comme professeur, il a aussi fait des élèves dans son art, qui, dirigés par une main habile, s'y distinguent déjà, et qu'il a réuni les suffrages et les applaudissemens de la nation entière ; que ce sont ces motifs qui ont déterminé notre très amé frère et cousin le roi de Dannemark à nous demander pour lui des lettres de noblesse, distinction que nous n'accordons qu'aux personnes les plus célèbres dans les sciences et les arts, nous nous sommes d'autant plus volontiers déterminé à accorder cette grâce audit sieur *Jardin* que nous sommes informés qu'il n'a pas voulu recevoir les offres qui lui étoient faittes de celles[2] qui l'auroient attaché dans le pays étranger.

A ces causes et autres à ce nous mouvant, désirant donner à notre très amé frère et cousin le Roi de Dannemarck les preuves les plus signalées du cas infini que nous faisons de sa recommandation, nous avons, de notre grâce spéciale, pleine puissance et autorité royale, annobli et par ces présentes, signées de notre main, annoblissons ledit sieur *Nicolas-Henry Jardin*, etc. (Le reste comme aux lettres de *Saly*.)

Donné à Versailles au mois de décembre, l'an de grâce 1768, et de notre règne le cinquante-quatrième.

(Arch. nat., O¹ 32.)

VI.

LETTRES D'ANOBLISSEMENT

DE *PIERRE-HUBERT LARCHEVÊQUE.*

(Décembre 1768.)

Louis, etc. A tous présens et à venir, salut. Le privilège de la

---

1. La plupart des travaux énumérés ici ont été ignorés de M. Dussieux. Le Salon décoré pour le mariage du roi de Danemark, dont il est parlé plus loin, ne serait-il pas la salle des Chevaliers, au château de Christianborg, à Copenhague (DUSSIEUX, p. 352)?

2. C'est-à-dire *des grâces.*

noblesse étant la distinction la plus glorieuse et la plus durable que puisse recevoir le mérite et la vertu, nous croïons, à l'exemple des Rois nos prédécesseurs, ne pouvoir donner de marques plus éclatantes de notre bienveillance à ceux de nos sujets qui s'en sont rendu dignes par leurs services qu'en leur accordant des prérogatives qui passent à la postérité pour y faire connoître l'estime dont nous les avons honnorés. Nous croïons particulièrement dignes de notre attention la plus particulière ceux qui, par un travail long et pénible, ont cherché, en perfectionnant les arts, à illustrer leur patrie ; c'est dans cet espoir que, considérant la réputation dont jouit, tant dans notre royaume que chez l'étranger, notre cher et bien amé *Pierre-Hubert L'Archevêque*, membre de notre Académie royale de Peinture et Sculpture, premier sculpteur de notre très cher et très amé frère et cousin le Roy de Suède, directeur de l'Académie des arts et membre de celle des sciences à Stokolm, qui, dès sa plus tendre jeunesse, a fait voir les dispositions les plus heureuses qui, secondées par une application suivie et les leçons du célèbre *Bouchardon*, notre premier sculpteur, dont il est le seul élève, est parvenu à être l'émule de ce grand homme. Il remporta en 1744 le premier prix de peinture et de sculpture à notre Académie, ce qui lui a mérité d'être placé par nos ordres au nombre des pensionnaires entretenus aux frais de notre couronne à l'Académie de la cour de Rome, où il a achevé de se perfectionner ; de retour en France, où sa réputation étoit déjà connue, il ne tarda pas à la justifier par le rétablissement qu'il fit de plusieurs morceaux de sculpture endomagés par leur vétusté dans les arennes de la ville de Nimes ; il fut ensuite agréé au nombre des membres de notre Académie de peinture et de sculpture, et jugé digne par elle de remplacer à Stokolme le frère du feu sr *Bouchardon*, son maître, où il a été s'établir de notre agrément, depuis l'an 1754 ; il s'y est rendu célèbre par différens monuments, mais particulièrement par la statue pédestre de Gustave Vasa et de Gustave Adolphe[1] qui font à juste titre l'admiration des connoisseurs, et qui lui ont mérité de notredit frère et cousin le Roy de Suède la dignité de noble ; tous ces motifs réunis nous ont déterminé à lui accorder la même grâce dans notre royaume. A ces causes..... (Voir pour la suite les lettres de *Saly*.)

(Arch. nat., O¹ 32.)

---

1. On trouvera dans Dussieux la description de la statue pédestre de Gustave Wasa et de la statue équestre de Gustave-Adolphe.

VII.

Lettres d'anoblissement de *CHARLES-MICHEL-ANGE CHALLE*, dessinateur du Cabinet du Roi.

(Novembre 1770.)

Louis, etc..... Le désir de maintenir les arts dans la splendeur qu'ils ont acquise sous le règne de notre auguste prédécesseur Nous a toujours fait aporter l'attention la plus particulière à répandre nos faveurs sur ceux de nos sujets qui se sont distingués dans la carrière des talens par la fécondité de leur invention et la supériorité de leurs connoissances. Ces différens dégrés de perfection auxquels le génie seul peut atteindre, se trouvant réunis dans les ouvrages de peinture et de dessein du s^r *Charles-Michel-Ange Challe*, dessinateur de notre Cabinet, Professeur de notre Académie de peinture et de sculpture et membre de celle des Arts de Lyon et des Arcades de Rome, et principalement dans ceux qu'il a entrepris par nos ordres, Nous nous sommes déterminés à lui accorder une marque de notre satisfaction d'autant plus précieuse pour lui que, passant à la postérité, elle y retracera le souvenir de son mérite et de la réputation dont il jouissoit sous notre règne. Ses heureuses dispositions pour la peinture éclatèrent dans les premiers essais qu'il présenta à notre Académie; plusieurs y furent couronnés; mais le prix qu'il remporta en 1741 sembla indiquer dès lors le rang auquel il pouvoit aspirer dans la suite parmi les artistes célèbres. Il se rendit bientôt capable de les égaler par l'étude la plus suivie des monumens de l'antiquité, à laquelle il s'apliqua dans notre Académie de peinture et sculpture à Rome, et ses progrès y furent si rapides qu'il leur dut uniquement l'honneur d'être associé à celle des Arcades. De retour en France, le s^r *Challe* s'y fit d'abord connoître par les tableaux d'histoire admirés dans l'église de l'Oratoire de Paris et dans les cours de Berlin et de Russie. Le sujet allégorique à la gloire des Arts sous notre règne, qu'il composa pour sa réception dans notre Académie de peinture et de sculpture mit enfin le comble à sa réputation, et elle détermina le choix que nous fîmes de sa personne, en 1764, pour remplacer le s^r *Slodz*, dessinateur de notre Cabinet. Un grand nombre de pompes funèbres, exécutées successivement d'après ses dessins dans l'église de Saint-Denis et la cathédrale de Paris, surprirent également les connais-

seurs, par l'ordonnance d'une belle et sage architecture et la nou-
veauté et la variété des formes et des ornemens. Les fêtes que nous
venons de donner pour le mariage de notre très cher et très amé
petit-fils le Dauphin ont été une nouvelle occasion de signaler
son zèle dans une circonstance aussi intéressante pour notre cœur.
Chargé de l'exécution du projet que nous avions formé d'une
illumination générale dans le parc de notre château de Versailles,
le goût, la magnificence et la diversité qu'il a su réunir dans la
composition de ce brillant spectacle lui ont mérité une aproba-
tion si universelle que nous n'avons pu lui refuser une récompense que la voix publique semblait solliciter en sa faveur. A ces
causes et autres, de notre grâce spéciale, pleine puissance et autorité royale, Nous avons, par ces présentes signées de notre main,
annobli et annoblissons ledit s[r] *Charles-Michel-Ange Challe* et
du titre et qualité de Noble et d'Écuyer l'avons décoré et décorons,
etc. (Le reste comme aux lettres de *Saly*.)

Donné à Versailles, au mois de novembre 1770.

(Arch. nat., O¹ 32.)

VIII.

Lettres d'anoblissement de *NOEL HALLÉ*, peintre.

(Novembre 1776.)

Louis, etc..... Le privilège de la noblesse a toujours été
regardé, etc..... Le zèle, la capacité, la sage conduite et l'attache-
ment qui depuis nombre d'années ont distingué notre cher et bien
amé le sieur *Noel Hallé*, un de nos peintres, et un des princi-
paux officiers de l'Académie royale de peinture, nous l'ont fait
juger digne de jouir des honneurs et des prérogatives de la
noblesse; ses talents distingués l'ont placé à la tête de l'école
françoise, et nous n'avons pas cru pouvoir lui donner de plus
grande preuve de notre confiance qu'en le chargeant l'année dernière d'aller à Rome pour y faire dans l'Académie que nous y
entretenons des réglemens propres à y rétablir la discipline que
diverses circonstances avoient considérablement affoiblie, et à
rendre cette école aussi utile au développement des talens de ceux
que nous y envoyons qu'elle l'avoit été lors de son établissement.
La manière satisfaisante avec laquelle il s'est acquitté de cette
commission, l'honnêteté de ses mœurs, celle de sa famille qui est
une des plus anciennes de la bourgeoisie de notre bonne ville de

Paris, et dont quelques branches jouissent déjà de la noblesse, le rang distingué qu'il tient parmi les peintres françois sont autant de considérations qui nous ont déjà déterminé à le nommer chevalier de notre ordre de Saint-Michel; mais cette première grâce seroit imparfaite si en même tems nous ne lui accordions la noblesse. A ces causes..... avons anobli et anoblissons le s^r *Noel Hallé*.....

Donné à Fontainebleau au mois de novembre 1776.

Registrées en Parlement, le 3 mai 1777; à la Cour des Comptes, le 20 août 1777; et à la Cour des Aides, le 2 avril 1778 [1].

(Arch. nat., Cour des aides, Lettres patentes.)

IX.

LETTRES D'ANOBLISSEMENT DE *CHARLES-PIERRE COUSTOU*,
ARCHITECTE.

(Septembre 1779.)

Louis, etc..... La protection dont, à l'exemple des Rois nos prédécesseurs, nous croyons devoir honorer les arts, nous excite à distinguer ceux qui par leur génie et la supériorité de leurs talents s'y sont rendus célèbres, et la récompense la plus flatteuse pour les artistes et la plus propre à exciter leur émulation est de les élever à des honneurs qui soient pour la postérité une preuve éclatante de leur mérite. Ce fut d'après ces motifs que nous nous déterminâmes à désigner, en 1777, le sieur *Guillaume Coustou*, l'un des sculpteurs les plus célèbres de nos jours, pour être admis à notre ordre de Saint-Michel et même à lui permettre dès lors d'en porter le cordon. Des différents ouvrages qui sont sortis de son ciseau il n'en est pas de plus cher et de plus précieux à notre cœur que le monument qui a été érigé dans l'église métropolitaine de Sens à la mémoire de feu M^r le Dauphin, notre très honoré père et seigneur. Nous nous disposions à lui expédier nos lettres de noblesse afin qu'il parvînt à être reçu chevalier de Saint-Michel, lorsque la mort a enlevé cet artiste aussy recommandable

---

1. *L'Annuaire-Bulletin* de la Société de l'histoire de France a publié en 1876 (p. 88) une lettre de M. d'Angiviller en date du 13 février 1777, proposant au Roi d'accorder à l'artiste une gratification de 6,000 livres sur les fonds du marc d'or pour acquitter les droits que l'état de sa fortune particulière ne lui permettait pas de payer.

par ses talents que par ses vertus personnelles. Cet événement nous porte à étendre sur notre cher et bien amé le s^r *Charles-Pierre Coustou*, l'un de nos architectes et membre de notre Académie d'architecture, la grâce que nous avions bien voulu faire à son défunt frère. En exerçant cet acte de bienfaisance, nous récompensons tout à la fois les talents, le zèle et l'activité dont ledit *Charles-Pierre Coustou* n'a cessé de nous donner des preuves depuis vingt-cinq ans qu'il est attaché au département de nos Bâtimens, et ceux de la famille Coustou, dont le nom s'est rendu précieux dans les Arts depuis plus de cent ans. Non seulement nos maisons, nos palais et nos châteaux sont décorés des plus beaux ouvrages de sculpture dont les *Coustou* sont les créateurs ; mais il existe dans notre royaume des monuments, soit publics, soit particuliers, qui porteront à la postérité la plus reculée la célébrité de ces artistes, dont les deux derniers ont réuni les vœux honorables de notre Académie de Peinture et Sculpture et en ont rempli successivement tous les grades distingués de Directeur, Recteur, Chancellier, Professeur et Trésorier.

A ces causes, nous avons de notre grâce spéciale..... annobli et annoblissons ledit sieur *Charles-Pierre Coustou*, etc.....

Donné à Versailles, au mois de septembre l'an 1779.

Régistrées au Parlement, le 15 février 1780.

(Arch. nat.; X^{1B}, 9069.)

X.

DEMANDE DE LETTRES DE NOBLESSE EN FAVEUR DU Sr PARIS,
ARCHITECTE.

Mémoire.

Les premiers gentilshommes de la Chambre, après avoir éprouvé pendant neuf années les talens, le zèle, la probité, l'intelligence et les services du s^r *Paris*, comme architecte du Roy et dessinateur ordinaire de sa Chambre et de son Cabinet, supplient très humblement Sa Majesté de vouloir bien lui en donner des marques de satisfaction en lui accordant des lettres de noblesse et le cordon de Saint-Michel, grâce dont ses prédécesseurs ont été honorés.

(Arch. nat., O¹ Cartons.)

XI.

PROCÈS-VERBAL DE RÉCEPTION DE *CHARLES LÉCUYER,* ARCHITECTE, DANS L'ORDRE DE SAINT-MICHEL[1].

(2 décembre 1754.)

Extrait des titres produits par *Charles Lécuyer*, escuier, architecte du Roy et Controlleur des Bâtimens de Sa Majesté au château de Versailles, nommé par Sa Majesté Chevalier de son Ordre de Saint-Michel, pour les preuves de sa noblesse et de ses âge et religion.

Devant haut et puissant seigneur, messire Paul Galluccio de l'Hospital, marquis de Châteauneuf-sur-Cher, chevalier et commandeur des ordres du Roy, lieutenant général de ses armées, inspecteur général de cavalerie et dragons, premier écuyer de Madame Adélaïde de France, cy devant ambassadeur extraordinaire pour Sa Majesté auprès du Roy des Deux-Siciles, et chevalier de son Ordre royal de Saint-Janvier, commissaire député pour la vérification de ces preuves par lettres patentes du 23 novembre 1754,

(ARMOIRIE)

de gueules à 3 étoiles d'azur, avec une bande d'or en fasce.

Lettres patentes du Roy, Chef et Souverain Grand-Maître des ordres de Saint-Michel et du Saint-Esprit, adressées à son très cher et bien amé cousin le duc de Chaulnes, pair de France, capitaine-lieutenant des 200 chevau-légers de sa garde et lieutenant général de ses armées, et à son cher et bien amé Paul Galluci de l'Hospital, marquis de l'Hospital et de Châteauneuf-sur-Cher, premier écuyer de sa très chère fille Adélaïde, lieutenant général de ses armées, chevaliers et commandeurs de sésdits ordres et commissaires des mêmes ordres pour la présente année, l'un en l'absence ou au défaut de l'autre, portant que les services distingués que rend à Sa Majesté depuis trente-sept ans, tant dans ses ponts et chaussées que dans l'inspection et controlle de ses Bâtimens, son cher et bien amé *Charles Lécuyer*, controlleur des Bâtimens de son château de Versailles depuis 1742, l'ont déterminé à lui accorder, au mois de mars dernier, des lettres

---

1. L'original de cette pièce nous a été communiqué, en 1873, par M. Dumoulin, à qui il appartenait. — J. G.

d'annoblissement, mais que les preuves qu'il continue de lui donner de sa probité et de ses talens dans toutes les fonctions qu'elle lui a confiées l'ayant engagé à lui donner de nouveaux témoignages de la satisfaction qu'Elle a de son zèle pour son service, Elle a résolu de l'honorer de la croix de Saint-Michel et de le dispenser aussi par ces considérations de la preuve de deux races d'extraction de noblesse, qu'il seroit obligé de faire aux termes de l'article IV des statuts de sondit Ordre de Saint-Michel du 12 janvier 1665. A ces causes, elle les a commis pour examiner, sur le raport du s^r Clairambault, généalogiste de ses ordres, les titres qui lui auront été remis par le même s^r *Lécuyer*, tant de son âge, religion catholique, apostolique et romaine, que de son annoblissement en sa personne seulement, etc. Et que s'ils les trouvent suffisans pour être admis, ils en signeront le procès-verbal avec ledit s^r Clairambault et le scelleront du cachet de leurs armes ; et ils indiqueront audit s^r *Lécuyer* le jour auquel ils recevront de lui le serment en tel cas requis, et lui donneront la croix dudit Ordre, en observant ce qui est porté par l'instruction qui leur est adressée à ce sujet. Ces lettres données à Versailles, le 23 novembre 1754, signées Louis, et plus bas..... (manque la suite).

Et ledit jour, deuxième du mois de décembre mil sept cent cinquante-quatre, nous, marquis de l'Hospital, chevalier et commandeur des Ordres du Roy, commissaire et présidant à l'assemblée de messieurs les chevaliers de l'Ordre de Saint-Michel, dans une salle du grand couvent des Cordeliers à Paris, en exécution du pouvoir et de l'instruction à nous donnée par le Roy, et cy dessus mentionnés, avons fait chevalier de l'Ordre de Saint-Michel mondit s^r *Lécuyer*, en lui donnant l'accolade en la manière accoutumée. Et après l'avoir entendu lire son serment qui lui a été présenté par l'huissier des Ordres du Roy et le lui avoir vu signer, nous, aidé du héraut des mêmes Ordres, lui avons passé le cordon noir et la croix de l'ordre de Saint-Michel pour les porter en écharpe sur son habit, le tout conformément à l'article IX des statuts de l'année 1665. En foy de quoy nous lui avons donné le présent acte signé de notre main et scellé du cachet de nos armes. Signé Gallucci de L'Hospital et scellé du cachet de ses armes.

Collationné.

CLAIRAMBAULT.

(Copie sur parchemin.)

XII.

Un de nos confrères, M. le comte Demarsy, veut bien nous signaler un certain nombre d'artistes décorés du cordon de Saint-Michel, dont les noms avaient échappé à nos recherches. Il les a relevés sur l'*Abrégé de la carte générale du militaire de France* de Leman de la Jaisse, parue en 1739. Nous faisons précéder ces citations de la date de la nomination :

1722. *Jacques Gabriel*, inspecteur général des bâtiments du Roi (celui dont on connaît déjà les lettres d'anoblissement).

1727. *Hyacinthe Rigaud*, écuyer, peintre ordinaire du Roi. On trouvera dans les *Mémoires inédits des Académiciens*[1] (t. II, p. 124, 134, 136, 139) tous les détails sur les honneurs dont fut comblé *Rigaud* : reçu noble citoyen de la ville de Perpignan le 18 juin 1709; confirmé par arrêt du Conseil d'État dans la noblesse à lui conférée par les lettres précédentes, le 8 novembre 1723; reçu chevalier de Saint-Michel, le 12 août 1727. Les pièces relatives à cette dernière nomination ont été insérées à la suite de la biographie de l'artiste.

11 mai 1732. *Armand-Claude Mollet*, écuyer, contrôleur général des bâtiments du Roi.

9 novembre 1738. *Nicolas Dorbay*, architecte de la première classe et contrôleur des bâtiments du Roi.

On croit inutile de répéter ici les noms des chevaliers déjà signalés, en 1873, dans la *Revue historique* de Dumoulin. Notons toutefois que le directeur des manufactures royales des Gobelins *Julienne*, nommé chevalier en 1737 (29 janvier), s'appelait *Jean de Julienne*.

Le garde général des meubles de la couronne, Claude Nerot, avait reçu le cordon le 28 juin 1736.

Robert de Cotte, premier architecte du Roi et directeur de l'Académie d'architecture, aurait été nommé chevalier de Saint-Michel dès 1687.

---

1. Rappelons à cette occasion que, d'après les *Mémoires inédits des Académiciens*, *Jacques Stella* aurait reçu le cordon de Saint-Michel dès 1644 (tome I, p. 423), et que *René Frémin*, nommé premier sculpteur du Roi d'Espagne Philippe V en 1727 et gratifié en 1733 d'une pension de 2,000 ducats, fut anobli quelques années après, lui et ses enfants (tome II, p. 207). *Jean-François de Troy* fut fait chevalier de l'Ordre le 25 mai 1738 (II, 267).

De la Motte, conseiller secrétaire du Roi, intendant des bâtiments et jardins de Sa Majesté, associé honoraire de l'Académie, porte le titre de chevalier de Saint-Michel sur l'Almanach royal de 1725. C'est le *Jean de la Motte* dont on a publié plus haut les lettres d'anoblissement portant la date de juillet 1721.

Nous avions dit, dans notre article sur les lettres d'anoblissement conférées aux artistes, que *Servandoni* prenait le titre de chevalier (p. 37, note) et qu'il tenait sans doute ce titre d'un prince italien. En effet, une liste des Académiciens le dit chevalier de l'ordre de Saint-Jean-de-Latran (1735).

Enfin des lettres patentes, en date du 18 octobre 1738, ordonnant l'enregistrement de celles du mois de mai 1721, portent anoblissement de *Louis de Cotte* et de ses enfants nés et à naître en loyal mariage, nonobstant leur surannation.

XIII.

L'Almanach royal nous a révélé les noms de plusieurs chevaliers de Saint-Michel que nous n'avions pas rencontrés ailleurs :

1741. M. de Julienne, l'amateur bien connu, qualifié écuyer, associé honoraire de l'Académie de peinture[1].

1744. *Gabriel* fils, écuyer.

1750. *Garnier d'Isle*, écuyer, contrôleur général des bâtiments du Roi.

Sans doute, la liste des distinctions honorifiques accordées aux peintres, sculpteurs et architectes sous l'ancienne monarchie est encore loin d'être complète. Il faudrait, pour n'omettre aucun nom, faire des dépouillements que nous n'avons pas le loisir d'entreprendre. Au moins, pouvons-nous espérer que le résultat de nos recherches et les communications obligeantes de nos correspondants auront comblé les plus graves lacunes de notre première publication.

La liste des chevaliers de Saint-Michel doit être augmentée d'un certain nombre d'artistes célèbres qui reçurent le cordon sous la Restauration.

Le 31 décembre 1816, une Ordonnance royale[2] nomma qua-

---

1. Les lettres de noblesse conférées à M. de Julienne sont transcrites dans le registre portant la cote O¹ 80 aux Archives nationales.

2. Nous donnons ci-après le texte complet de l'Ordonnance.

rante-cinq chevaliers de l'ordre de Saint-Michel. Le nombre maximum était de cent. Dans cette promotion de 1816 figurent les noms de :

Brongniart, membre de l'Institut, directeur de la manufacture de Sèvres.

Girodet, peintre, membre de l'Institut.

Gérard, peintre, idem.

Lemot, sculpteur, idem.

Peyre, architecte, idem.

Gondouin, architecte, idem.

Tiollier, ancien graveur général des monnaies de France.

Hazon, ancien intendant des bâtiments du Roi, est nommé chevalier de Saint-Michel par Ordonnance du 26 avril 1817.

Regnault, peintre, est nommé le 22 mai 1819.

Le 1er décembre de la même année, nouvelle promotion qui comprend :

Le comte *de Forbin*, directeur des Musées, membre de l'Institut.

Gros, peintre, membre de l'Institut.

Guérin, peintre, idem.

Cherubini, directeur de l'Académie royale de musique, idem.

Lesueur, surintendant de la musique du Roi.

Bosio, statuaire[1].

Une Ordonnance du 1er mai 1821 contient la nomination de :

Andrieu, graveur en médailles.

Le chevalier *Bosio*, statuaire, professeur à l'école spéciale des Beaux-Arts.

Raphaël Morghen reçoit le titre de chevalier honoraire, comme graveur étranger.

Le graveur *Boucher-Desnoyers*, membre de l'Institut, obtient le cordon de Saint-Michel le 18 février 1822.

Le peintre *Granet*, le 21 mai de la même année.

Artaud, directeur du Musée de Lyon, le 18 octobre 1823.

Richard, peintre de l'école de Lyon, le 24 juin 1824.

En 1825, *Cartellier* et *Carle Vernet* recevaient à leur tour le cordon de Saint-Michel.

---

1. *Bosio* fut nommé premier sculpteur du Roi le 6 novembre 1822. Cette distinction était motivée par l'exécution de la statue de Louis XIV. Le traitement du premier sculpteur était fixé à 4,000 livres par la même Ordonnance.

L'architecte *Fontaine* fut nommé en 1828.

Le baron *Duvivier* avait reçu le titre de chevalier honoraire en 1821.

XIV.

Ordonnance du Roi relative à l'Ordre de Saint-Michel.

Au château des Tuileries, le 16 novembre 1816.

Louis, par la grâce de Dieu, roi de France et de Navarre, à tous ceux qui les présentes lettres verront, salut.

Voulant conserver à l'Ordre de Saint-Michel l'éclat dont il jouissait sous nos prédécesseurs, Nous avons ordonné et ordonnons ce qui suit :

Art. 1er. L'Ordre de Saint-Michel est spécialement destiné à servir de récompense et d'encouragement à ceux de nos sujets qui se seront distingués dans les lettres, les sciences et arts par des découvertes, des ouvrages et des entreprises utiles à l'État.

Art. 2. Le nombre des chevaliers est porté à cent.

. . . .

Ordonnance du Roi portant nomination de Chevaliers de l'Ordre de Saint-Michel.

A Paris, le 31 décembre 1816.

Louis, etc. — Art. 1er. Sont nommés Chevaliers de l'Ordre de Saint-Michel les sieurs.....

Quatremère de Quincy, membre de l'Institut.....;

Brongniard, directeur de la manufacture royale de Sèvres, membre de l'Institut;

Girodet, peintre d'histoire, membre de l'Institut;

Gérard, peintre d'histoire, membre de l'Institut;

Lemot, sculpteur, membre de l'Institut;

Peyre, architecte, membre de l'Institut;

Gondouin, architecte, membre de l'Institut.....

Tiolier[1], ancien graveur général des monnaies de France.....

(En tout quarante-cinq nominations.)

(Bulletin des Lois, 7e série, IV, n°° 1460-1, p. 10-3.)

------

1. *Tiolier* fils avait été nommé graveur général des monnaies en remplacement de son père, démissionnaire, par Ordonnance du Roi du 9 septembre 1816. (*Bulletin des Lois*, 7e série, III, n° 1208, p. 279.)

(Extrait de la *Revue de l'Art français*, 1889.)
